VENTE DES LUNDI 28 FEVRIER ET MARDI 1er MARS 1881.

HOTEL DROUOT, SALLE N° 6.

BELLE COLLECTION

ANCIENNES PORCELAINES

DE SÈVRES, DE SAXE, DE LA CHINE ET DU JAPON

FAIENCES DE DELFT

ET AUTRES

Appartenant à M. X. de Madrid

(Deuxième Partie)

EXPOSITION PUBLIQUE

Le Dimanche 27 Février 1881

De une heure à cinq heures.

COMMISSAIRE-PRISEUR	EXPERT
M° CHARLES PILLET,	M. CHARLES MANNHEIM
10, rue Grange-Batelière.	7, rue Saint-Georges.

CATALOGUE

D'UNE BELLE COLLECTION

DE

ANCIENNES PORCELAINES

DE SÈVRES, DE SAXE, DE LA CHINE ET DU JAPON

Cabarets, Tasses, Plateaux, Théières, Sucriers, etc.

en porcelaine de Sèvres, pâte tendre ;

Grand nombre de Plats, Vases, Flacons, Coupes, Assiettes, etc.

en ancienne porcelaine de la Chine et du Japon ;

Porcelaines de Saxe et autres ;

Plaques, Plats, Assiettes, Vases, Gourdes

EN ANCIENNE FAIENCE DE DELFT

Le tout appartenant à M. X. de Madrid

(Seconde Partie)

ET DONT LA VENTE AURA LIEU

HOTEL DROUOT, SALLE N° 6,

Les Lundi 28 Février et Mardi 1ᵉʳ Mars 1881

A DEUX HEURES.

Par le ministère de Mᵉ **CHARLES PILLET**, Commissaire-Priseur,

10, rue de la Grange-Batelière,

Assisté de **M. CHARLES MANNHEIM**, Expert, 7, rue Saint-Georges,

Chez lesquels se trouve le présent Catalogue.

EXPOSITION PUBLIQUE : le Dimanche 27 Février 1881,

De une heure à cinq heures.

CONDITIONS DE LA VENTE

Elle sera faite au comptant.

Les adjudicataires payeront *cinq pour cent* en sus des enchères.

L'exposition mettant le public à même de se rendre compte de l'état des objets, il ne sera admis aucune réclamation une fois l'adjudication prononcée.

Paris. — Typ. PILLET et DUMOULIN, 5, rue des Grands-Augustins.

DÉSIGNATION DES OBJETS

PORCELAINES DE SÈVRES
ET AUTRES

1 — Cabaret en ancienne porcelaine de Sèvres pâte tendre, fond gros bleu et médaillons de fleurs. Il se compose de trois tasses droites avec soucoupes, une théière, un sucrier et un pot à crème.

2 — Tasse à couvercle et soucoupe en ancienne porcelaine de Sèvres, pâte tendre, décorée d'ornements dorés, de quadrillages et de rosaces, reliés par des festons de fleurs ou des rubans.

3 — Tasse de forme arrondie avec soucoupe en ancienne porcelaine de Sèvres, pâte tendre, fond bleu de Vincennes et médaillons ; oiseaux voltigeant, encadrés d'or.

4 — Tasse à deux anses et à couvercle en vieux Sèvres pâte tendre, fond gros bleu à bordures de roses et médaillons de fleurs. La soucoupe, fond bleu à pois d'or, est décorée d'une couronne de chêne, retenue par un ruban tricolore, et de trois médaillons contenant des emblèmes de la Révolution.

5 — Pot à crème et soucoupe en vieux Sèvres pâte tendre, à bandes quadrillées de roses et feuillage **verts**. Le fond est semé de fleurettes.

6 — Plateau losangé à contours en vieux Sèvres pâte tendre, décoré de jetés de fleurs et d'un filet bleu au bord.

7 — Trois sucriers à couvercle de mêmes porcelaine et décor.

8 — Deux tasses de forme arrondie et deux soucoupes en vieux Sèvres pâte tendre, décorées de paysages d'attributs divers et de fleurs en camaïeu carmin.

9 — Petite tasse droite avec soucoupe en vieux Sèvres pâte tendre, fond gros bleu à rinceaux, oiseaux et ornements variés en camaïeu vert et dentelle d'or au bord.

10 — Petite tasse droite avec soucoupe de même porcelaine, fond brun rouge à ornements dorés et bordures de feuillages.

11 — Sucrier avec couvercle en vieux Sèvres pâte tendre, décoré de jetés de fleurs et de rubans bleus au bord.

12 — Grande tasse droite avec soucoupe en vieux Sèvres pâte tendre, fond gros bleu et décorée de paysages de style chinois, en or.

13 — Deux tasses droites avec soucoupes, un sucrier et
un pot à crème en vieux Sèvres pâte tendre, décorés
de jetés de fleurs et de couronnes de lauriers.

14 — Deux pièces en vieux Sèvres pâte tendre, décorées
de jetés de fleurs en camaïeu carmin. Sucrier et grande
tasse à anse avec couvercle.

15 — Tasse droite et soucoupe arrondie en vieux Sèvres
pâte tendre, décorée de jetés de fleurs et de hachures
bleues au bord.

16 — Plateau oblong à contours en vieux Sèvres pâte
tendre, décoré de jetés de fleurs.

17 — Deux tasses droites avec soucoupe, de mêmes porcelaine et décor.

18 — Grande tasse droite et soucoupe arrondie en vieux
Sèvres pâte tendre, décorée de jetés de fleurs. Pre-
mière époque.

19 — Deux tasses arrondies, mais de formes variées avec
soucoupes, de mêmes porcelaine et décor.

20 — Tasse de forme arrondie avec soucoupe de mêmes
porcelaine et décor.

21 — Sucrier sans couvercle, en vieux Sèvres pâte
tendre, décoré de deux médaillons de paysages avec
figures encadrés de feuillages d'or.

22 — Tasse droite sans soucoupe en vieux Sèvres pâte
tendre, fond rose marbré, décorée d'ornements et médaillon, corbeilles de fleurs.

23 — Pot à crème en vieux Sèvres pâte tendre, décoré de jetés de fleurs et dont les filets bleus sont reliés par des ornements d'or.

24 — Deux flacons à thé en vieux Sèvres pâte tendre, décorés de jetés de fleurs et avec bouchons en argent.

25 — Sucrier à couvercle en vieux Sèvres pâte tendre, à fond rose et bande d'ornements et fleurs.

26 — Plateau d'huilier en vieux Sèvres pâte tendre, à fond rose avec bordure d'ornements d'or et médaillons de fleurs.

27-28 — Cinq théières de forme arrondie et un pot à crème en vieux Sèvres pâte tendre, décorés de jetés de fleurs.

29 — Deux pots à crème en deux dimensions en vieux Sèvres pâte tendre, fond gros bleu à décor d'or et médaillons de fleurs.

30 — Plateau rond à bord plat en vieux Sèvres pâte tendre, décoré de festons de fleurs et de rubans en camaïeu carmin.

31 — Petite écuelle avec couvercle et soucoupe en vieux Sèvres pâte tendre, décorée de jetés de fleurs.

32 — Deux sucriers avec couvercles de mêmes porcelaine et décor.

33 — Plateau d'écuelle en vieux Sèvres pâte tendre, décorée d'oiseaux dans des paysages en camaïeu carmin.

34 — Grande tasse et soucoupe en vieux Sèvres pâte tendre, à ornements gaufrés et décorés de jetés de fleurs.

35 — Deux pots à crème et un petit sucrier en vieux Sèvres pâte tendre, décorés de fleurs.

36 — Tasse droite avec soucoupe en vieux Sèvres pâte tendre, décorée de fleurs et de filets bleus.

37 — Quatre pots cylindriques variés de dimensions, en vieux Sèvres pâte tendre, décorés de jetés de fleurs.

38 — Deux salières et une petite tasse en vieux Sèvres pâte tendre, à décors variés.

39 — Verrière ronde à deux anses en ancienne porcelaine de Sèvres pâte tendre, décorée de sujets d'après l'antique et de rinceaux en camaïeu grisâtre sur fond violacé.

40 — Seau à rafraîchir, de mêmes porcelaine et décor provenant du même service.

41 — Verrière ovale à deux anses en porcelaine tendre, fond bleu turquoise et médaillons sujets champêtres.

42 — Deux seaux à deux anses, fond gros bleu uni.

43 — Sept soucoupes en vieux Sèvres pâte tendre, décorées de fleurs.

44 — Petite plaque rectangulaire en vieux Sèvres pâte dure, décorée de festons de fleurs et servant d'encadrement à un petit médaillon en cire, représentant une chienne et ses petits.

45 — Plateau oblong, un sucrier et deux tasses droites avec soucoupes en vieux Sèvres pâte dure, décorés d'oiseaux et de fleurs argentés et dorés sur fond brun.

46 — Pot à crème et plateau en vieux Sèvres pâte dure, décorés de fleurs.

47 — Trois théières en Sèvres dur, l'une à fond rouge, l'autre à côtes et décor d'or, la dernière à fond bleu.

48 — Deux petits vases ovoïdes en porcelaine tendre, fond bleu turquoise et médaillons de fleurs et amours.

49 — Deux grands pots à crème en porcelaine de Sèvres du temps de Louis-Philippe, fond gros bleu et décor d'or.

50 — Beurrier avec plateau adhérent en porcelaine tendre, fond bleu turquoise et décor de fleurs.

51 — Assiette en porcelaine tendre à marli gros bleu et réserves d'oiseaux et insectes. Au centre un héron.

52 — Sept assiettes et un compotier en porcelaine tendre, décorés d'un grand oiseau au fond et à marli gros bleu uni.

53 — Assiette en porcelaine de Sèvres, pâte tendre, décorée d'un bouquet de fleurs au centre et à marli bleu
décoré d'ornements d'or.

54 — Six pièces diverses en porcelaine de Menecy et de
Chantilly : Théière, écuelle, moutardier, sucrier, soucoupe et jardinière sans anses.

55 — Tasse et soucoupe en porcelaine de Derby à fond
bleu et médaillons d'oiseaux encadrés de dorure.

56 — Huit assiettes en porcelaine dure, décorées d'oiseaux
en or et à marli bleu rehaussé de dorure.

57 — Deux assiettes en porcelaine tendre, décorées d'oiseaux au fond et à marli, offrant une couronne de feuillages.

58 — Deux étuis en ancienne porcelaine de Menecy, décorés de fleurs et d'oiseaux; l'un d'eux à côtes en
spirale.

59 — Cinq manches de couteaux dont trois en porcelaine
tendre à fond vert et médaillons de fleurs, les deux
autres en porcelaine d'Allemagne à fond bleu et médaillons d'oiseaux et animaux.

60 — Divers médaillons en biscuit de Sèvres à fond bleu
et figures blanches.

PORCELAINES DE CHINE
ET DU JAPON

61 — Plat rond en ancienne porcelaine de Chine, décoré
d'un sujet familier dans un kiosque, en émaux de la
famille verte. Le marli offre des grues sacrées sur fond
à rosaces rouges dessinées au trait.

62 — Plat rond en vieux Chine décoré en émaux de la
famille verte; au fond, rochers, fleurs et oiseaux, au
marli, rosaces et réserves de fleurs.

63 — Deux plats en vieux Chine, fond bleu fouetté et décor
d'or.

64 — Plat rond et creux décoré en émaux de la famille
rose. Au fond, coqs, fleurs et rochers; au marli, ornements et fleurs.

65 — Plat rond et creux en vieux Chine, décoré au fond
d'arbustes, de rochers et de fleurs et au marli de rosaces et de papillons. Famille verte.

66 — Plat rond et creux en vieux Chine, décoré en émaux
de la famille rose à sujet familier au fond et ornements
et fleurs au marli.

67 — Petit plat rond en vieux Chine, représentant une
course d'amazones. Famille rose.

68 — Petit plat rond sans bord en vieux Chine à fond bleu
décoré d'une corbeille de fleurs en or.

69 — Plat rond et creux en ancienne porcelaine de Chine, décoré au fond d'un sujet familier dans un kiosque et au marli de rosaces et d'attributs. Famille verte.

70 — Plat de même forme, décoré de fleurs et d'ornements. Famille rose.

71 — Petit plat rond en vieux Chine, décoré d'une course d'amazones en émaux de la famille rose.

72 — Petit plat rond à décor en émaux de la famille rose.

73 — Plat rond en vieux Chine, décoré d'une course d'amazones en émaux de la famille rose.

74 — Petit plat décoré de figures dans un paysage et à marli, offrant des attributs et des rosaces en rouge de fer.

75 — Grand plat rond en vieux Chine, fond bleu fouetté à médaillon de paysage et de fleurs en réserves, décorés en émaux de la famille verte.

76 — Plat rond en vieux Chine représentant le triomphe de Neptune en grisaille, d'après un dessin européen.

77 — Plat rond de l'époque des Ming, à décor de fleurs et d'ornements.

78 — Deux plats ronds en vieux Chine, décorés en émaux de la famille verte, à vase de fleurs et ornements.

79 — Bassin rond et creux en vieux Chine, décoré de fleurs et d'oiseaux. Famille rose.

80 — Deux plats ronds en vieux Chine, décorés de fleurs et d'oiseaux. Famille verte.

81 — Plat rond en vieux Chine, décoré de fleurs et d'ornements. Famille verte.

82 — Deux plats ronds à bords festonnés en vieux Chine, décorés de compartiments de fleurs.

83 — Plat rond en vieux Chine, décoré en émaux de la famille rose à fleurs, ornements et attributs.

84 — Petit plat rond sans bord en vieux Chine, décoré de fleurs et d'oiseaux au fond et d'ornements de style européen au marli.

85 — Plat rond et creux en vieux Chine, décoré en émaux de la famille rose. Au fond, vase de fleurs et oiseaux, au marli, lambrequins ornés.

86 — Plat rond en vieux Chine, décoré d'un sujet familier et de fleurs. Famille rose.

87 — Plat rond en vieux Chine, décoré de coqs et de pivoines au centre et d'ornements et fleurs au marli. Famille rose.

88 — Plat rond en vieux Chine, décor connu sous le nom de femme à l'ombrelle.

89 — Plat rond sans bord, décoré de fleurs, d'oiseaux et d'ornements en émaux de la famille verte.

90 — Plat rond décoré en émaux de la famille verte et représentant un sujet familier dans un paysage.

91 — Plat rond en vieux Chine, décoré en émaux de la
famille verte, et représentant une scène de combat.

92 — Plat rond en vieux Chine, décoré de poissons et de
feuillages en émaux de la famille verte.

93 — Plat rond en vieux Chine, décoré de chimères et
d'ornements en émaux de la famille verte.

94 — Plat rond en vieux Chine, décoré d'une chimère,
d'un oiseau et de fleurs en émaux de la famille verte.

95 — Plat rond décoré de pivoines et d'ornements en
émaux de la famille verte.

96 — Plat rond en vieux Chine, décoré d'une chimère,
d'un oiseau et de fleurs. Famille verte.

97 — Plat rond, décoré d'un sujet familier dans un
paysage.

98 — Deux plats ronds en vieux Chine, décorés d'arbustes
et de fleurs.

99 — Petit plat rond, décoré d'ornements et d'un chariot
traîné par un cerf.

100 — Petit plat rond en vieux Chine, à marli gaufré et
décoré au fond d'un vase de fleurs en émaux de la
famille verte.

101 — Plat à barbe en vieux Chine décoré de médaillons de personnages avec entre-deux à ornements en émaux de la famille verte.

102 — Deux autres plats à barbe décorés des armes de Flandre et de Hollande.

103 — Plat à barbe en largeur décoré de fleurs en émaux de la famille verte.

104 — Plat à barbe analogue à celui qui précède.

105-110 — Six plats variés de formes, en ancienne porcelaine du Japon à décor en bleu rouge et or. L'un d'eux est rehaussé de noir.

111-113 — Cinq plats à décors bleus variés.

114 — Plat rond et creux à décor bleu. Au centre, une chimère sur fond à rosaces et ornements au marli.

115 — Deux petits plats ronds et creux en vieux Chine décorés de fleurs, d'oiseaux et d'ornements en émaux de la famille rose.

116 — Quatre petits plats en vieux Chine décorés en émaux de la famille rose et représentant une course d'amazones.

117 — Petit plat rond décoré d'un sujet familier en émaux de la famille rose.

118 — Trois petits plats en vieux Chine offrant au centre un groupe de deux figures et au marli des réserves de fleurs sur fond à rosaces bleues.

119 — Plat analogue à ceux qui précèdent.

120 — Petit plat rond en vieux Chine décoré au fond d'une corbeille de fleurs, et, au marli, d'attributs sur fond à rosaces. Famille verte.

121 — Petit plat rond sans bord en vieux Chine à fond bleu et or et compartiments à attributs, en émaux de la famille verte.

122 — Petit plat rond décoré d'un sujet familier en émaux de la famille verte.

123 — Plat analogue à celui qui précède.

124 — Petit plat rond décoré d'un sujet familier dans un paysage. Famille verte.

125 — Deux p tits plats ronds représentant un sujet familier dans une tonnelle et décoré d'insectes et de fleurs au marli sur fond orné.

126 — Petit plat rond décoré d'oiseaux, de fleurs et d'or-nements. Epoque des Mings.

127 — Petit plat rond décoré d'un paysage traversé par un cours d'eau avec personnages. Famille rose.

128 — Deux compotiers en vieux Chine décorés de figures d'ornements et d'un dragon.

129 — Petit plat rond décoré de vases de fleurs. Famille rose.

130 — Petit plat rond décoré de compartiments de fleurs et animaux. Famille verte.

131 — Petit plat rond décoré d'un sujet familier. Famille rose.

132 — Petit plat rond décoré de fleurs, d'oiseaux et insectes. Famille verte.

133 — Deux petits plats ronds et creux en vieux Chine décoré en émaux de la famille rose et représentant une course d'amazones.

134 — Sept assiettes de même porcelaine et représentant le même sujet.

135-137 — Quatorze compotiers à décors variés.

138 — Six compotiers à décor de style européen.

139 — Neuf compotiers dont trois en porcelaine de l'Inde décorés de fleurs et les six autres en vieux Chine à décor en émaux de la famille verte.

140 — Assiette en vieux Chine fond rouge d'or et rouleau décoré de fleurs et de volatiles.

141 — Huit assiettes en vieux Japon à décor bleu rouge et or.

142 — Vingt-six assiettes creuses et plates en ancienne porcelaine de l'Inde décorées de bouquets et de festons de fleurs.

143 — Six assiettes creuses à paysages de style européen
et décor d'or.

144 — Six assiettes en vieux Chine décorées d'un sujet
familier, émaillé en couleurs.

145 — Six assiettes et trois compoti ers en ancienne porcelaine de l'Inde décorés d'une large rose au centre et
de couronnes de feuillages en or.

146 — Huit assiettes de même porcelaine à bords gaufrés
et décors de fleurs.

147 — Trois compotiers à bords festonnés en vieux Chine
décorés de personnages et de fleurs. Famille verte.

148 — Quinze assiettes creuses et plates en vieux Chine à
décors variés, en émaux de la famille rose.

149 — Neuf pièces : Assiettes et compotiers en vieux
Chine décorés de sujets de personnages en émaux de
la famille rose et autres.

150 — Cinq pièces : Assiettes et compotiers décorés de
fleurs en émaux de la famille verte.

151 — Deux grandes assiettes en porcelaine du Japon à
décor de fleurs, rosaces et ornements en bleu, rouge
pâle et or.

152 — Plat rond en porcelaine de l'Inde décoré au centre
d'un navire hollandais et portant la date de 1756.

153 — Joli plat rond offrant au centre le sujet du triomphe
de l'hymen, en grisaille et exécuté d'après un dessin
européen.

154 — Plat oblong et soupière en porcelaine de l'Inde décorés de fleurs au centre et de festons de fleurs au marli.

155 — Cinq briques rectangulaires en vieux Chine décorées de fleurs et de figures en émaux de la famille verte ; l'une d'elles est à double face.

156 — Grand vase en forme de bouteille en porcelaine de Chine décoré de dragons et de nuages émaillés bleu et blanc sur fond bleu clair.

157 — Grand vase en forme de balustre en porcelaine de Chine décoré d'un sujet militaire dans un paysage en bleu et rouge de cuivre.

158 — Vase en forme de balustre en ancienne porcelaine de Chine à fond bleu et décor d'or.

159 — Petit vase ovoïde allongé en vieux Chine, fond bleu fouetté et réserves de fleurs en émaux de la famille verte. Il est monté en lampe en bronze doré.

160 — Vase de même qualité également monté en lampe en forme de cornet.

161 — Gros vase ovoïde en porcelaine de Chine décor bleu à paysage.

162-163 — Quatre vases en forme de rouleau en ancienne porcelaine de Chine fond bleu fouetté et décor d'or.

164 — Deux petites potiches en ancienne porcelaine de Chine décorées de fleurs et montées en bronze doré.

165 — Deux vases modèle potiche en ancienne porcelaine de Chine décorés de sujets familiers dans des paysages.

166 — Deux potiches en vieux Chine décorées d'attributs et d'ornements. Epoque des Mings.

167 — Trois plats ovoïdes à couvercles plats en vieux Chine décor bleu à sujets familiers.

168 — Deux figures de divinités debout, émaillées bleu clair.

169 — Deux vases sur piédouche, en ancienne porcelaine de Chine, fond bleu fouetté. Ils ont été rehaussés postérieurement d'ornements dorés. Montures à anses rocaille en bronze doré.

170 — Trois vases en porcelaine de Chine. Ils ont été surdécorés.

171 — Joli vase de forme ovoïde, en ancienne porcelaine de Chine, fond bleu fouetté, à médaillons de paysages.

172 — Vase analogue à celui qui précède. Celui-ci est rehaussé d'émail vert.

173 — Deux potiches en ancienne porcelaine de Chine, décorées de chevaux et de rochers, sur fond vermiculé rouge. Période des Mings.

174-177 — Sept potiches de même époque, à décors variés.

178 — Deux cornets à panse renflée, en ancienne porcelaine de Chine, décorés de jeux d'enfants, en émaux de la famille rose. Quoique différents de décor, ces deux vases peuvent se faire pendant.

179 — Potiche à ouverture large, à quatre petits anses, têtes chimériques, en vieux Chine, à décor bleu, à fleurs arabesques.

180 — Grand vase en forme de balustre, décor bleu à compartiments de fleurs.

181 — Vase analogue à celui qui précède, mais plus petit.

182 — Vase en forme de gourde, en ancienne porcelaine de Chine, décoré en émaux de la famille verte, à compartiments de fleurs. Monture en bronze.

183 — Trois vases de forme ovoïde en vieux Chine, à décors variés en émaux de la famille verte, personnages et fleurs.

184 — Deux éléphants debout, en terre émaillée bleu et blanc.

185 — Quatre cornets en deux modèles, à décor bleu, à fleurs et ornements.

186 — Deux potiches élancées à couvercles plats, en vieux Japon, à décor de fleurs en bleu rouge vert et or.

187 — Deux vases cylindriques en vieux Chine fond bleu fouetté, à réserves de paysages et animaux. Montures en bronze doré.

188 — Trois vases en forme de balustre, en vieux Chine, décorés de fleurs et feuillages émaillés en couleurs. Ils sont garnis en cuivre doré.

189 — Deux flacons en forme de tonnelet à décor bleu. L'un d'eux est monté en argent doré.

190 — Trois petits vases cylindriques, décorés en émaux de la famille verte. Deux d'entre eux sont montés en cuivre doré.

191 — Petit vase en forme de gourde en vieux Chine, fond bleu fouetté, à réserves décorées de fleurs et d'oiseaux en émaux de la famille verte. Monture rocaille, en bronze doré.

192 — Petit vase ovoïde en vieux Chine, décoré de fleurs. Famille verte.

193 — Jardinière ronde en vieux Chine, décorée de chimères dans un paysage. Période des Mings.

194 — Cinq petits vases variés de forme en vieux Chine, décorés en émaux de la famille verte.

195 — Belle coupe couverte en vieux Chine, décorée en émaux de la famille verte. Paysages et figures.

196 — Deux vases en forme de baril à deux anses, décorés de sujets familiers en bleu sur blanc. Les couvercles manquent.

197 — Trois gargoulettes, en ancienne porcelaine de Corée, décorées de fleurs et d'ornements.

198 — Trois gargoulettes en vieux Chine, décorées de figures dans des paysages.

199 — Vase en forme de gourde, en vieux Japon, à décor en bleu, rouge et or, à fleurs et figures et à fleurs en relief.

200 — Cinq flacons en vieux Japon, à décor en bleu, rouge et or.

201 — Flacon cylindrique, décoré d'écrans en bleu, rouge et or.

PORCELAINES DE SAXE

ET AUTRES

202 — Trois flacons et une petite statuette, représentant des sujets variés.

203 — Flacon carré en vieux Saxe, à décor de fleurs de style chinois.

204 — Petite pendule avec mouvement de montre, montée au milieu de branches de fleurs, garnies de fleurs de Saxe et de Sèvres. Le socle en bronze doré, modèle rocaille, supporte un petit cheval et un fruit en vieux Chine.

205 — Petit vase en vieux Saxe, monté sur des branches garnies de fleurs de porcelaine et base rocaille en bronze doré.

206 — Bougeoir formé d'une soucoupe de Chine avec monture en bronze doré, garnie de fleurs de porcelaine.

207 — Écritoire en bronze doré, ornée d'une figurine et d'une tasse en vieux Chine et feuillages garnis de fleurs en vieux Saxe.

208 — Porte-lumières formé d'un petit cheval en vieux Chine, monté sur un socle de bronze doré, garni de fleurettes de porcelaine de Saxe.

209 — Bougeoir en laque, bronze doré et fleurs en vieux Saxe.

210 — Petite tasse en faïence de Perse, à fond bleu turquoise, montée sur un pied de bronze doré, orné d'une figurine d'enfant et garni de fleurettes de porcelaine.

211 — Deux jolies tasses avec soucoupes en porcelaine de Vienne, à fond bleu et riche décor d'or.

212 — Cafetière en ancienne porcelaine de Frankenthal, fond lie de vin et médaillon de paysage. Elle est accompagnée de trois tasses avec soucoupes de même décor.

213 — Trois tasses hautes avec soucoupes en porcelaine de Vienne, décorées de paysages dont deux en camaïeu vert et la dernière en couleurs.

214 — Saucière en porcelaine de Vienne, à décor genre Sèvres, à rubans verts et fleurs.

215 — Tasse avec soucoupe, fond bleu pointillé d'or et médaillons en camaïeu jaunâtre.

216 — Trois compotiers en vieux Saxe, dont un décoré d'un héron et de festons de fleurs et les deux autres à figures de style chinois.

217 — Deux plateaux triangulaires et à contours en porcelaine de Saxe, décorés de fleurs et d'insectes.

218 — Quatre compotiers ronds à bords gaufrés en vieux Saxe, décorés de fleurs.

219 — Grand plat rond à côtes en spirale en ancienne porcelaine de Tournay, à bord vert et or, et armoiries au centre.

220 — Assiette en ancienne porcelaine anglaise, à fond bleu et compartiments de fleurs.

221 — Deux assiettes en ancienne porcelaine de Kronenbourg, décorées à l'imitation du bois et trompe-œil au centre, décoré d'un paysage en camaïeu carmin, signé Rust.

222 — Soupière oblongue avec plat en ancienne porcelaine dure du temps de Louis XVI, décorée de festons de fleurs.

223 — Soixante-quatorze assiettes de diverses fabriques allemandes variées de décors. Ce lot sera divisé.

224 — Onze plats variés de formes et de décors des diverses fabriques allemandes. Ce lot sera divisé.

225 — Assiette en ancienne porcelaine de Nymphenbourg, décorée d'une marine.

226 — Pot à anse de même porcelaine, décoré d'oiseaux dans des paysages et avec couvercle en étain.

227 — Assiette en porcelaine de Vienne à marli vert, rehaussé de dorure et sujet de personnages au centre.

228 — Deux assiettes en porcelaine dure à sujets mythologiques, et une verrière en ancienne porcelaine de Buen Retiro, décorée de fleurs.

FAIENCES DE DELFT
ET AUTRES

229 — Deux vases forme gourde en ancienne faïence de Delft, à décor bleu.

230 — Vase de même forme à côtes en vieux Delft, à décor bleu.

231 — Deux vases forme gourde en faïence de Delft, à décor bleu.

232 — Deux gourdes analogues, mais plus grandes.

233-234 — Six potiches en ancienne faïence de Delft, à décor bleu varié.

235 — Deux petites potiches de même faïence et de décor analogue.

236 — Plaque carrée à angles arrondis et rentrants en faïence de Delft, décor polychrome à fleurs et ornements.

237 — Deux plaques oblongues en faïence de Delft, décorées d'un traîneau et d'ornements polychromes.

238 — Deux plaques décor bleu et bordure polychrome, représentant un sujet champêtre.

239-253 — Dix-sept plaques variées de formes et de décors. Ce lot sera divisé.

254 — Plat rond en faïence de Delft, décor polychrome à corbeille de fleurs.

255 — Assiette de mêmes faïence et décor, rehaussée d'or.

256 — Grand plat rond en faïence italienne, décoré de fleurs et de fruits.

257 — Plateau en ancienne faïence de Castelli, décoré d'une figure d'Orphée dans un paysage.

258 — Plat rond en ancienne faïence de Sinceny, décor polychrome à fleurs et ornements.

259 — Plat rond à bords festonnés en ancienne faïence de Moustiers, décor polychrome à figures et ornements.

260 — Plat oblong en faïence de Delft, décor polychrome à fleurs et ornements.

261 — Deux plats de même faïence, l'un d'eux à décor bleu, l'autre à décor polychrome.

262 — Plateau carré à quatre pieds, décoré de fleurs en manganèse.

263 — Douze assiettes décor polychrome dans le goût des maîtres flamands.

264 — Cinq assiettes en faïence, à décors variés.

265 — Deux coupes dont une avec couvercle et une petite tasse en ancienne faïence de Perse.

266 — Vase cylindrique en faïence de Nevers, décor bleu et manganèse de style chinois.

267 — Petit vase pot pourri en faïence, à décor polychrome à fleurs et fleurs en relief. Sur la terrasse, un chien assis.

268 — Petit groupe en faïence blanche italienne. Le Christ mort entouré de chérubins.

269 — Cabaret en faïence du midi, décor polychrome à paysages. Il se compose d'une cafetière, un pot à crème, deux sucriers, quatre tasses et quatre soucoupes.

270 — Deux perdrix en faïence, formant boîte.

271 — Deux grappes de raisin en faïence de Delft, décorées au naturel et formant boîtes.

272 — Lot de diverses pièces en faïence : théière, pot et figurine.